La reina Calba

Mercè Company

Il·lustracions:
Mercè Arànega

Premi Enric Valor de narrativa infantil 1983

editorial cruïlla

Primera edició: setembre 1990
Segona edició: juliol 1991
Tercera edició: juliol 1992
Quarta edició: desembre 1993

Il·lustracions i coberta: *Mercè Arànega*

Comercialitza: CESMA, S.A.
Catalunya i Balears: Badalona, tel. (93) 383 10 11
C. Valenciana: València, tel. (96) 375 50 00

ISBN: 84-7629-456-5
D. L.: M-36.730-1993
Imprès a Espanya / *Printed in Spain*
Impremta SM

A Idolina Clavijos, amb tot l'afecte

I

CERTAMENT, n'hi havia per llogar-hi cadires! ¿Vosaltres podeu imaginar-vos una reina que tingués cara de reina, vestits de reina, castell de reina, un grapat de súbdits i només set pelets al cap?

Doncs així, calba com la lluna quan fa el ple, era la sobirana d'un petit regne situat justament entre dues valls: la Vall Xica i la Vall Gran. I ja ningú no recordava el nom de sa majestat, perquè tothom la coneixia com «la Reina Calba».

1

CERTAMENT, n'hi havia per llogar-hi cadires! ¿Vosaltres podeu imaginar-vos una reina que tingués cara de reina, vestits de reina, castell de reina, un grapat de súbdits i només set pelets al cap?

Doncs així, calba com la lluna quan fa el ple, era la sobirana d'un petit regne situat justament entre dues valls: la Vall Xica i la Vall Gran. I ja ningú no recordava el nom de sa majestat, perquè tothom la coneixia com «la Reina Calba».

LA REINA estava ben fastiguejada per la seva calvície. I no us penseu pas que no s'havia escarrassat a trobar-hi una solució. Els seus emissaris havien viatjat fins als racons més allunyats del regne. Però no havien trobat cap bruixa, cap geni ni cap follet que fos prou hàbil per fabricar una poció capaç de fer-li créixer una ufanosa cabellera.

Tampoc no va aconseguir cap resultat amb ungüents, pomades, locions...

Perquè heu de saber que al cap, s'hi havia posat de tot. Des de tortells de nata amb cireres confitades (recepta de la fornera que li havia dit

que era infal·lible), fins a gelats de xocolata amb vainilla posats a l'inrevés. Ah! I no oblidem la gibrelleta d'argent on havien recollit les llàgrimes de tots els infants nascuts el primer dia de l'any.

Fins i tot la seva perruquera, que era una noia molt eixerida, la va convèncer un dia de regar-li el cap amb el mateix líquid amb què ella abonava les flors del seu jardí.

Poc temps després li van florir tres geranis d'allò més bonics. Però la reina, molt enfurismada, se'ls va fer tallar. Ella no volia geranis al cap. Ni badocs o clavells. Només hi volia cabells.

Una altra vegada, la seva cambrera va entrar amb molt de misteri a les seves habitacions, i li va confiar un secret d'aquests que només passen de pares a fills: si volia gaudir d'una abundosa cabellera havia de ballar a la llum de la lluna durant tres nits seguides.

La reina, que de provar no se n'estava, va manar que bastissin una tarima al centre del seu jardí i que vinguessin al castell els millors músics del regne. I allà, des de l'horabaixa fins a trenc d'alba, va ballar durant tres nits. A la matinada del quart dia la sobirana havia perdut cinc quilos i un cabell. Ara sols li'n quedaven sis!

I en arribar a aquest punt va exclamar:

—S'ha acabat el bròquil! He perdut la paciència! Estic ben tipa de posar-me tortells al cap. Que em creixin geranis a la calba, i de fer la papallona a la llum de la lluna. Si al meu regne no hi ha ningú prou saberut en aquesta matèria, l'aniré a buscar fora.

2

PERÒ VET AQUÍ que les paraules de la reina van voleiar fins a les orelles d'un rodamón que, amb el seu sarró carregat de bon humor i de cançons, voltava d'una banda a l'altra.

—Una reina calba? —es va sorprendre—. Valga'm la pell d'un budell i el fetge d'una cadira! Tal vegada podria... Sí, pot ser una bona idea pujar al palau i obsequiar sa majestat amb una cançó.

Sense perdre ni un instant, el trobador s'hi va encaminar. En arribar al pont llevadís va anunciar al soldat que feia la guàrdia que volia parlar amb la sobirana.

La reina Calba, que mai no es negava a rebre els seus súbdits, el va fer passar tot seguit.

—Què puc fer per tu, rodamón? —li va preguntar amablement.

—Em sembla que puc fer més jo per vós, majestat, que vós per mi —va respondre l'home respectuosament.

—Si és així, digues —va manar la reina.

—Heu de saber, senyora, que sóc un trobador. Ara sóc aquí... demà seré allà... I així, voltant i girant, he conegut gent de molta mena i he escoltat moltes històries. Una vegada, en una taverna, vaig saber d'una vella llegenda. Si la volguéssiu escoltar...

La reina Calba se'l va quedar mirant. Els ulls del rodamón brillaven com si hi amagués mil llumetes. La sobirana, tafanera com era, el va esperonar:

—Comença, t'escolto amb molta atenció.

L'home no s'ho va fer repetir. Amb un gest ràpid es va despenjar de l'esquena el llaüt que sempre duia amb ell; va tensar les cordes, va comprovar el to i va començar a recitar:

Diuen que fa temps, a Vallgorguina,
a l'ombra d'un roure i d'una alzina
hi vivia una noia bonica i molt fina,
però... ai!, calba com una mandarina!

Diuen que el seu caparró
era com el més bonic botó,
d'on les orelletes sortien
com aletes d'un tauró.
Diuen, també, diuen,
que la noieta plorava i plorava
perquè l'anomenaven
Pelada Palmó.
Fins que un dia, oh, quina sort!
a lloms d'un bell poltre
li va arribar la solució.
La duia un rei de cabells brillants,
cabells d'or pur que lluïen al sol.
El rei anava a corre-cuita, embalat,
però es va aturar, en veure-la,
[admirat,
per donar-li consol.

«Escolta'm amb atenció
—li va dir el monarca—.

Si molts cabells vols pentinar,
cap aquí t'has d'apropar.
Dels meus, tres pèls et donaré
i al cap te'ls posaré.
Compte que ningú no te'ls toqui
ni que a l'amor invoqui.
Que quan la lluna s'hagi aprimat
no et coneixerà ni el gat.»

I diuen, també, diuen...
que els rínxols d'or
de la Bella Palmó
a tothom enamoraven
i causaven admiració.

La veu vellutada del trobador encara tremolava sota l'alt sostre del palau, quan ja la reina, amb ànsia, li preguntava:

—És veritat, això que has dit? Hi ha un rei que té la solució per a la calvície?

—És només una llegenda, majestat —va respondre polidament—, però, i perdoneu la comparança, ¿no diuen que quan els gossos lladren alguna cosa senten? D'altra banda, no és pas la primera vegada que he sentit parlar del rei dels cabells d'or...

La sobirana ja no podia parar quieta en el seu tron. Si no fos perquè era una autèntica dama, ja hauria sortit disparada a buscar aquest rei prodigiós. Però el seu prestigi de reina no li ho permetia. Per tant, va intentar assossegar-se i va continuar interrogant:

—I tu, rodamón, no podries anar a parlar amb ell i demanar-li tres cabells?

—Oh, senyora, us prometo que cap altra cosa no em complauria més. Però el rei dels cabells d'or es fa invisible a voluntat; per tant, és difícil de trobar. A més, diuen que el seu país està embruixat...! D'altra banda, jo he de continuar el meu camí.

—Estrelles coronades! —va exclamar empipada la reina—. M'ho pintes ben cru! M'has donat la gran solució, sí, però... com aconseguir-la?

—Si em permeteu, senyora... —va fer, prudent, l'home—. Jo que he voltat molt, conec un sistema que no falla gairebé mai: oferiu un bon premi a qui us porti els tres cabells d'or i us puc assegurar que ben aviat els tindreu a les vostres mans.

Sa majestat va obrir els ulls com dues taronges:

—Un premi? Tens raó! Quina idea més bona! Però, vejam... Quin premi podria oferir jo que fos prou important per engrescar els meus súbdits? Ah! Ja ho tinc! Oferiré la mà del meu fill, el príncep hereu, a aquella noia que em dugui els tres cabells d'or. Et sembla bé?

El trobador li va dir que sí, que realment era un premi magnífic i que li desitjava molta sort. I que ara, si li donava permís, ja s'acomiadava.

—T'estic molt agraïda, trobador. Com a recompensa, permet-me que et regali un sac ple de menjar i dues bótes de vi. Sempre que vinguis al meu regne seràs ben rebut. Paraula de reina.

3

EL TROBADOR se'n va anar molt content, però més ho estava la reina. Amb aquesta història havia vist el cel obert. Si a la donzella de Vallgorguina li havia nascut una abundosa cabellera, ¿no li succeiria el mateix a ella si aconseguia fer-se amb els cabells d'or?

Calia posar fil a l'agulla sense perdre ni un segon. El primer pas va ser fer venir el pregoner reial. Ella mateixa li va dictar les bases del concurs i el va acompanyar fins a la porta del palau, on li va recomanar:

—No deixis cap indret per visitar. Totes les meves súbdites han d'assabentar-se'n. —I una mica més fluixet, va afegir—: I alguna n'hi deu haver que vulgui ser la meva jove, espero...!

El pregoner, un xicot d'esperit obert i força espavilat, li va dir, llavors:

—Si em permeteu, senyora, per a aquesta ocasió, que intueixo especial i important, provaré un sistema que jo mateix he inventat.

—De què es tracta? —va demanar de seguida la dama.

—Doncs veureu, majestat —va afanyar-se a respondre el xicot adoptant un aire molt professional—. Per

a una circumstància com aquesta, en la qual cal cobrir un camp molt ampli d'acció, he ensinistrat un grup de nois i noies que viatjaran a tot arreu.

Però no es limitaran a llegir el vostre edicte, sinó que també recolliran l'opinió de les vostres súbdites. Anotaran el nombre de participants. Quan marxin a complir la missió, els meus ajudants les seguiran i aniran comunicant els fets i els esdeveniments que es vagin produint. D'aquesta manera tot el poble n'estarà informat i participarà de l'esdeveniment.

—Ahhh! —va fer la sobirana, un pèl sorpresa i un altre pèl desconcertada—. Doncs... bé, tens el meu permís.

—Moltes gràcies, majestat —i el noi va fer una profunda reverència—. Podeu confiar en mi. No us defraudaré.

4

LA TASCA del pregoner i dels seus ajudants va ser realment efectiva. La notícia que la reina Calba oferia la mà del príncep hereu en matrimoni si es complien certs requisits, va arribar fins a la granja on vivia la Idolina.

La seva germana gran, l'Elvira, estava una mica enamorada del príncep, per això va acollir la notícia amb gran entusiasme i va decidir, sense pensar-s'ho dues vegades, de participar en la competició.

Però, talment com si un follet entremaliat l'hagués esquitxat amb les pólvores de la mala sort, vet aquí que l'endemà el seu pare va caure i es va trencar la cama. La seva mare va haver de marxar a atendre l'àvia, que vivia molt lluny, i la vaca va decidir parir d'un moment a l'altre.

Davant d'aquest cúmul d'imprevistos, l'Elvira es va adonar que no podia abandonar la granja.

I així, sospirant i ploriquejant, la va trobar la Idolina quan va tornar de pasturar les ovelles. I li va preguntar què li passava.

—Fixa't quina mala sort —li va contestar la seva germana—. No puc anar a buscar el rei dels cabells d'or, i el príncep es casarà amb una altra.

Però la Idolina, que amb nou anys repicats era més eixerida que un pèsol tendre, va tenir una idea genial:

—No t'amoïnis. Hi aniré jo per tu. Trobaré el rei i et duré els cabells d'or. Però seràs tu qui els portarà a la reina, així et casaràs amb el príncep.

—De debò? Faries això per mi? —va cridar l'Elvira.

—I tant! M'estimo molt més anar a córrer aventures que quedar-me aquí, apariant les ovelles i netejant la cort —va respondre la noieta, ben contenta de desempallegar-se d'una feina que no li agradava gens.

I les dues germanes van segellar l'acord amb una forta abraçada.

MENTRESTANT, totes les noies disposades a participar en la competició, ja organitzaven el viatge. Com que sabien que podien trobar-se amb greus i arriscats perills, la majoria havien decidit d'anar en grups de dos o tres. Unes van escollir carros ferms; d'altres, cavalls resistents i forts.

5

AL CAP d'uns dies, el pregoner informava la sobirana dels primers resultats obtinguts: eren més de trenta, les noies que sortirien a la recerca de tan prodigiós ésser.

—Malgrat tot, senyora —va acabar el xicot—, he d'assenyalar que algunes de les participants han anunciat que, en cas de guanyar, voldrien negociar el premi. Accepten casar-se amb el príncep perquè totes, sense excepció, el troben un xicot molt maco, encantador i simpàtic, però no volen fer de reines. Diuen que es una feina pesada i avorrida.

La reina es va passar delicadament la mà per la calba, i va sospirar:

—No tenen un pèl de tòtiles, aquestes noies. No s'equivoquen pas. Bé, ja els pots dir que hi estic d'acord. Ho negociarem.

FINALMENT van ser trenta-nou, les participants. I amb la intenció de donar a l'esdeveniment tota la brillantor que es mereixia, el pregoner, amb el permís de la reina, les va convocar al palau.

Va anotar els seus noms i les seves adreces i els va comunicar que, en el seu honor, la reina les convidava a una festa.

Aquell reialme era format per súbdits alegres i feliços. Com que no hi havia gaires ocasions rellevants, van decidir de sumar-se a la festa i celebrar-ho ben celebrat. Tant és així que van guarnir la plaça major amb banderetes, fanalets i rams de flors. La quitxalla va lligar a les branques dels arbres llençols vells on podia llegir-se «BONA SORT A LES NOSTRES NOIES», «VISCA LES DONZELLES MÉS VALENTES DEL NOSTRE REGNE», «QUE GUANYI LA MILLOR», «SORT, SORT!». I a la mateixa plaça es va celebrar el gran ball, al qual van participar la reina i el seu fill.

El príncep es va mostrar afable i gentil. A fi d'agrair a les noies l'esforç que anaven a fer per tal de solucionar el problema de la seva mare, va ballar amb totes, i per a cadascuna va tenir una paraula amable.

Més tard, a tocar l'hora de les bruixes, la sobirana va saludar una a una totes les participants. Els va donar ànim i coratge i els va aconsellar que fossin prudents i que no corressin riscs inútils.

Però mentre el poble ho celebrava tan alegrement, ja feia molta estona que la Idolina havia tocat el dos.

HAVIA SORTIT de casa tan bon punt el sol treia el nas darrere la muntanya. No anava gaire carregada. En

el seu farcell duia un ganivet petit, pinces d'estendre la roba perquè sempre van bé, uns pams de cordill, un grapat de caramels de llimona, un tros de pa, un tros de formatge i una llonganissa, més cordill i algunes altres coses més, ja que no se sap mai el que es pot necessitar quan es va a la recerca d'un rei que té els cabells d'or.

6

LA IDOLINA havia emprès el viatge força animada i amb el pla d'acció ben definit. La primera cosa a fer era parlar amb la seva amiga, l'àliga Josefina. Ella sabria, seguríssim, on trobar aquell monarca tan estrany.

La Josefina (coneguda entre els animals del bosc com «Josefina la Fina», perquè tenia el bon costum de netejar-se curosament les ungles després de cada àpat), dormia plàcidament al seu niu. Tot i així, en sentir la veu de la Idolina es va despertar de seguida i, això és molt important, de bon humor.

—Bon dia, Idolina —la va saludar cordialment—. On vas tan matinera?

En un tres i no res, la nena li va fer cinc cèntims del motiu del seu viatge.

—Oh! No és pas cap problema això que em demanes —va dir l'àliga—. Sé perfectament a qui et refereixes. Es tracta del rei Sol. És un sobrenom, com et pots imaginar, i és que els seus cabells gairebé enlluernen. Viu a l'altra banda de la Vall Gran. Si vols, t'hi duc en un moment. Puja, maca, puja.

Sense fer-s'ho repetir, la nena es va encamellar al fort llom de l'ocell, i, al cap de dos segons i mig (el temps necessari per escalfar les ales), Josefina la Fina s'enlairava majestuosament sota el cel blau.

Van travessar tot el regne de la reina Calba. Van fer una petita volta per no ensopegar amb una corrua d'ànecs salvatges. Van saludar un grup d'ocells que, asseguts dalt d'un núvol, celebraven una assemblea i, finalment, van arribar al cim de la Vall.

—T'he de deixar aquí, bona amiga —es va lamentar l'àliga mentre aterrava suaument—. Tenim prohibit posar les potes en aquest lloc. Com tornaràs? Vols que t'esperi?

—No, no t'amoïnis, si de cas ja t'ho faria saber. Gràcies per dur-me. Ara només cal que em diguis on puc trobar el rei. M'han dit que és invisible.

—Ui, sí, però no pateixis. És tan presumit que temps li falta per fer-se veure. Li encanta sorprendre la gent apareixent de sobte. El que has de ser és molt prudent... —l'àliga va abaixar una mica la veu, com si temés que algú la pogués sentir—: He sentit a dir que per aquí passen coses estranyes. Crec que el rei té problemes. Ara escolta'm bé. Has de travessar el bosc que hi ha a la dreta. Agafa el primer camí que trobis i no el deixis. Et durà fins a la mateixa porta del palau. Adéu i bona sort!

—Gràcies per tot, Josefina. I no passis ànsia. Si et necessito, t'avisaré. Fins aviat!

Va saltar a terra d'un bot sense oblidar-se del seu paquet i, fent adéu amb la mà, va esperar que la silueta de la seva amiga es perdés en la immensitat del cel. Llavors es va penjar el farcell a l'esquena i, saltironant, es va endinsar en el bosc.

7

VA CAMINAR tot el matí i bona part de la tarda, i només es va aturar a fer un mos al migdia. Encara el sol era força alt quan va arribar a les envistes del castell. La nena es va aturar a mirar-se'l bé. L'estranyava alguna cosa però no sabia dir què. Recordant el consell de l'àliga, s'hi va anar acostant a poc a poc. En ser al peu del pont llevadís va saber què era el que la preocupava: el silenci que hi regnava i la soledat que s'hi respirava. Perquè allà no hi havia ningú. Cap soldat a la porta, ni a les torrasses. Cap criat. Ni tan sols un pagès conreant la terra. Cap crit. Cap soroll...

La Idolina va travessar el pont i, a poques passes de la gran porta, va cridar:

—Bona tarda... Bona tardaaaaaa...!

Ningú no li va tornar la salutació.

«Potser m'he equivocat de castell i aquest està abandonat», va pensar la nena.

I quan ja anava a fer mitja volta per refer el camí, vet aquí que es va sentir temptada per la tafaneria de fer-hi una ullada. Ella no havia estat mai a l'interior d'un castell i això de poder mirar-se'l de prop, sense que ningú no li digués «nena, això no es toca», «nena, això no es fa» la va engrescar. Va mirar al seu voltant per darrera vegada fins que, ja sense dubtar-ho, va creuar la porta amb decisió.

Va travessar un vestíbul enorme. Va pujar per una escala amplíssima. Va sortir a un passadís molt llarg. Finalment es va trobar a les portes d'una sala. Era una sala que feia caure d'esquena, de tan maca, tan ben guarnida i tan ben il·luminada. Al bell mig hi havia una tarima amb tres graons. I al damunt, el tron. Un tron que brillava i lluïa com si fos folrat per fulles d'or pur.

La Idolina, totalment fascinada, s'hi va acostar a poc a poquet.

—Quina meravella —va xiuxiuejar—. Com m'agradaria asseure-m'hi.

Tot d'un plegat va pensar: «I qui m'ho impedeix, si estic ben sola?». Dit i fet. D'un salt va pujar els tres graons i, amb un gest senyorívol, s'hi va asseure.

Oh, que bé que s'hi estava! Que bonic fóra ser reina i poder manar als criats que li portessin muntanyes de caramels i moltes safates plenes de gelats! I també manaria que cada dia hi hagués jocs de tota mena, i festes, i balls, i...

De sobte va tronar una veu d'home:

—Què fas, desvergonyida, repapada en el meu seient reial?

8

EL RESSÒ d'aquella veuassa havia explotat sota la cúpula de la gran sala. Renoi, quin ensurt! Gairebé sense adonar-se'n, la Idolina es va trobar amagada darrere el tron, esperant que d'un moment a l'altre l'enganxés pel coll un monstre, o un ogre, o... Però per més que allargava el coll en totes les direccions, no veia ni una mosca.

—El que has fet és molt greu —va bramar de nou la veu—. Puc

manar que t'empresonin a la cel·la més profunda.

—Jo... jo no ho he fet amb mala intenció, senyor —va murmurar la nena, mentre calculava a ull quant temps trigaria a arribar a la porta i fugir.

Però llavors el va veure. Va aparèixer per sorpresa davant seu.

Era un rei que tenia cara de rei, vestits de rei i uns cabells, oh!, com raigs de sol! La cabellera li arribava fins a mitja esquena i, en moure el cap, semblava talment que un estol de papallones daurades voleiessin al seu voltant.

El monarca estava tan acostumat que tothom es quedés bocabadat mi-

rant-lo, que no va poder evitar de fer un gest d'impaciència.

—Au, nena, explica'm què fas aquí o em veuré obligat a castigar-te.

La Idolina, per si de cas, va agafar el seu farcellet, es va acostar a la porta i, d'allà estant, li va explicar fil per randa què volia d'ell. El rei l'escoltava amb tota l'atenció del món, gratant-se pausadament la barba (també ben daurada). Quan la nena va acabar no va dir ni un mot. Es va limitar, mans a l'esquena, a fer uns quants passos per la gran sala. La Idolina no gosava interrompre-li els pensaments.

I així van passar una estoneta fins que el rei, alçant de cop el cap i mirant-la fixament, va dir:

—Mira, noia, m'has caigut bé i no t'empresonaré. Pel que fa al que m'has preguntat, et diré que sí, la llegenda és certa. Jo sóc el rei Sol. Efectivament, els meus cabells tenen, entre d'altres, el do de fer néixer cabelleres abundants. Però, malgrat tot... no et puc donar els tres pèls que em demanes.

Abans que la nena, amb gest decebut, li preguntés el perquè d'aquest refús, el rei va continuar:

—Has de saber que els meus cabells només poden ser tocats per reis o reines, ja que en cas contrari, es desfan com si fossin de pols.

—Ah, bé...! —va fer la nena amb un sospir d'alleujament—. Llavors no hi ha cap problema: us els arrenqueu vós mateix i els guardem en una bosseta.

El sobirà va fer que no amb el cap, i ho va justificar:

—Seria el mateix: només tocar la roba es fondrien. Ho sento, menuda, no puc ajudar-te.

—Oh, quina llàstima! La meva reina tenia tanta confiança en vós —va fer veure que somiquejava la Idolina, mentre pensava una solució. De sobte va cridar—: Ja està! Ja ho tinc! Veniu vós amb mi, majestat, i que sigui la meva reina qui us arrenqui els tres cabells. Així no es desfaran.

El rei la va esguardar sense badar boca. Amb les mans encara creuades a l'esquena va reprendre el seu pas-

seig amunt i avall de la sala. Semblava un lleó engabiat.

—No... no és possible —va murmurar baixet al cap d'una llarga estona—. No puc sortir del meu castell. Aquí on em veus, sóc un presoner. La reina dels Folls ha promès arrencar-me la cabellera i fer-se'n una trena. I, per acabar-ho d'adobar, m'ha llançat una maledicció: si per uns instants quedés a les fosques, em moriria.

—I tot això, per què? —es va sorprendre la nena.

—Perquè em vaig negar a donar-li un grapat dels meus cabells. Ella els necessita per fabricar una poció màgica, amb la qual es faria seva la voluntat de tots els habitants d'aquesta contrada. I saps què faria quan en fos senyora i mestressa? Convertir-los en pobres bèsties. I això, jo no ho puc permetre!

La Idolina va badar molt els ulls. «Ui, ui, que aquest rei és dels que s'ofeguen en un got d'aigua», va pensar. I se li va escapar:

—I per aquesta bajanada no podeu sortir d'aquí? Si és molt fàcil! Feu-vos invisible i toqueu el dos!

El rei va somriure amb tristesa:

—Tant de bo fos tan senzill! Veuràs, jo només em puc fer invisible per uns instants; per tant, per arribar al llindar del meu regne sense que m'atrapin, necessito un cavall. I ja no me'n queda cap. Tots se me'ls van endur els Folls de la Dama.

—Escolteu, majestat... —la nena es gratava el nas com sempre que tenia una bona idea—. Si jo us ajudo a sortir d'aquí, ¿vindríeu amb mi i donaríeu tres cabells a la meva reina?

—Pel meu honor que així ho faria —va contestar solemnement el monarca—. Però... com ho aconseguiries? Aquí estic segur perquè els Folls no hi poden entrar. Però fora, al bosc, seré totalment vulnerable. I si es fa de nit i no tinc un llum a prop meu, moriré.

—I si hi ha una miqueta de llum, només una miqueta així..., ja no us passaria res?

—No, llavors no. És la foscor total la que em destruiria.

—Doncs bé —va fer la nena, satisfeta—. Prepareu-vos, senyor, que quan es faci fosc, tocarem pirandó. Ara us deixo una estona ja que vaig a preparar la nostra fugida. Confieu en mi.

I abans que el rei no pogués dir paraula, la Idolina ja havia sortit disparada de la sala.

9

LA NENA va tornar quan el sol ja lliscava, mandrós, darrere la muntanya.

—Veniu, majestat, ja podem marxar. Anirem per darrere el castell. Hi he vist un caminet colgat de matolls i bardisses que ens anirà la mar de bé. El fullam ens taparà en cas que els Folls ens estiguin espiant.

El rei es va deixar dur. Estava més que tip de florir-se dintre el seu castell. A més, la nena li inspirava confiança. Semblava molt segura del que feia.

El senderol naixia, efectivament, als darreres de l'edifici i anguilejava cap al bosc. La Idolina i el rei el van enfilar a corre-cuita.

CORRIEN encongits, sense parlar, preocupats tan sols de guanyar terreny. Fugien d'aquells homenets Folls, de dos pams d'alçada però ràpids com el llamp i amb la força d'un gegant.

Corrien..., corrien..., corrien... Darrere seu, la silueta del majestuós castell s'anava fent petita i s'esborrava. Les tenebres de la nit avançaven a bon pas. Aviat tot seria cobert per la negra mantellina.

El rei es va espantar en adonar-se com s'apropava la foscor i com a l'interior del bosc on eren molt aviat no entraria ni un fil de llum. Ho va dir a la nena, però ella el va tranquil·litzar:

—No patiu, senyor, ho tinc tot molt ben pensat.

I just ho acabava de dir quan a terra, a l'esquerra del rei, va aparèixer una suau resplendor. Sorprès, el monarca es va ajupir, va decantar suaument les fulles i va veure, entre les arrels d'una gran falguera, un autèntic exèrcit de cuques de llum. La més grossa, que pel seu aspecte i dots de comandament semblava ser la capitana, es va avançar i el va saludar d'allò més polidament:

—Benvingut, majeztat. Encantada de conèixer-voz, majeztat. He rebut la voztra petizió d'auxili, majeztat. Ez un honor per a nozaltrez ajudar-voz, majeztat. Amb molt de guzt uz acompanyarem al llindar del voztre regne, majeztat.

Després es va tombar cap a les seves companyes, i va cridar:

—Apa, nenez, totez al voztre lloc!

Llavors les cuques de llum, fent molta gatzara i rient com beneites, van enfilar-se, en grupets de tres a cinc, a les fulles que la Idolina ja tenia preparades. En acabat, la nena va treure un tros de cordill del farcell i les pinces d'estendre, va penjar

les fulles al cordill i en va donar una punta al rei:

—Vós l'agafeu per aquí i jo per l'altre extrem —va dir—. La llum de les cuques és molt suau, però trenca la foscor, que és el que ens interessa, oi?

El rei estava tan gratament sorprès que només va poder afirmar amb el cap. I així, embolcallats per l'estol de petites llums, van poder fer via durant tota la nit.

10

LA PRIMERA llum de la matinada els va sorprendre quan ja vorejaven el llindar del bosc. Les cuques de llum havien complert la seva missió.

Es van acomiadar tot desitjant diverses vegades llarga vida al seu monarca i, en fila de dos, van tornar cap als seus caus.

—Ja estem salvats! —va cridar llavors el rei, mig emocionat.

—No us precipiteu, majestat. Encara ens poden atrapar els Folls —va advertir la Idolina mirant darrere seu un xic preocupada—. M'ha semblat sentir...

I... ai! Les seves paraules encara no s'havien trenat a les fulles dels arbres quan, fent uns xiscles esfereïdors, un grup d'homenets van emergir com per art d'encanteri de darrere els arbres.

—Correm! —va cridar el rei agafant la nena pel braç.

Corrien tan de pressa que els peus gairebé no els tocaven a terra. Però el cansament que ja duien al damunt, el fet de no haver dormit en tota la nit i la mateixa ànsia, feien que la distància que els separava dels seus perseguidors fos cada vegada més curta.

Estaven perduts! Si no succeïa un miracle, caurien irremissiblement a les grapes d'aquells éssers més dolents que la gana. La Idolina mirava desesperada el cel. Per què no venia la Josefina?

De sobte van sentir uns crits:

—Aquí! Aquí! Acosteu-vos!

Un carro arrossegat per un parell de poderoses eugues llançades al galop, s'aproximava on eren ells. Havia sorgit inesperadament de l'interior del bosc. Era la salvació?

Llavors els Folls van bramar de ràbia. Ara que gairebé havien enxampat el rei! Ells no s'esperaven aquest atac sorpresa. I xisclant com energúmens, van fer un darrer i desesperat esforç.

I ja les mans dels Folls s'arrapaven a les robes dels perseguits... Ja el rei es girava disposat a defensar-se fins al darrer alè... Ja la Idolina començava a repartir puntades de peu a dojo, quan els cavalls, atiats per la valenta conductora, es van llançar damunt els Folls.

Van ser uns segons de desconcert. Els Folls s'havien decantat per evitar l'envestida de les eugues i els dos fugitius van aprofitar-los per enfilar-s'hi a corre-cuita. Des d'aquí tenien avantatge!

Un cop a dalt, la nena va poder conèixer les seves salvadores i no va amagar un crit d'alegria: eren tres noies del seu regne que participaven en la recerca del rei Sol. Però ara no hi havia temps per a explicacions. Els Folls, furiosos com estaven, s'havien agrupat de nou i, com un exèrcit de petits dimonis, envoltaven el carro. Els uns lluitaven per pujar-hi; els altres subjectaven els cavalls.

Però ni les tres donzelles, ni el monarca, ni la Idolina estaven disposats a deixar-se vèncer. Es defensaven dels seus agressors amb tot allò que tenien a mà: el fuet, els pals, el cinturó reial...

El resultat d'una lluita tan desigual es presentava, però, incert. Els cavalls renillaven agudament i estiraven amb força de les regnes. També ells estaven espantats. Si no aconseguien calmar-los acabarien fent bolcar la careta i...

Però aleshores...

Un so agut i afilat va foradar com un filaberquí el cel, els núvols, l'aire i el timpà dels Folls, que per unes dècimes de segon van quedar paralitzats.

Josefina la Fina baixava com una fletxa amb les poderoses urpes ben obertes... Els Folls, però, no es van quedar pas a donar-li la benvinguda: l'àliga era l'únic ésser que temien més que res al món, fins i tot més que a la seva pròpia reina. I sense discutir-ho ni decidir-ho en assemblea, van desaparèixer amb tanta rapidesa que semblava que la terra se'ls hagués engolit.

—Mireu, mireu com corren els valents —va riure la Josefina, ben sa-

tisfeta de l'ensurt que els havia donat.

Després, dirigint-se a la nena, li va dir:

—El teu missatge em va arribar quan era molt lluny d'aquí, però veig que he arribat a temps. No us preocupeu, us escortaré fins al palau de la reina Calba.

I, tot mirant el rei, que la contemplava amb els ulls com plats, li va preguntar, sorneguera:

—I vós, rei Sol? Com esteu? M'alegra veure-us. Quan tinguem una estoneta m'agradaria discutir amb vós sobre aquesta prohibició que tenim les de la meva espècie, de no poder volar damunt el vostre regne ni poder-hi reposar...

El rei, que per res del món hauria

confessat en públic el terror que sentia per aquests poderosos ocells, va murmurar, vermell com un tomàquet madur:

—Doncs... Ehem... Tot ha estat un malentès. Quan pugui tornar al meu castell... m'agradaria molt convidar-te a berenar. Seràs molt ben rebuda.

—Accepto encantada, majestat; heu de saber que em deleixo pels gelats de maduixa i de llimona.

Tots van esclatar a riure, incloenthi el rei. I ja sense torbar-se més, van emprendre el camí de tornada, que va ser plàcid, assossegat i sense incidències prou rellevants com per ser mencionades.

11

L'ARRIBADA al castell de la reina Calba va ser d'allò més triomfal.

El pregoner en persona havia presenciat des d'un pujol proper la darrera part de la fugida del monarca. No havia perdut detall del seu rescat per part de les valentes noies. I s'havia afanyat a córrer cap al palau, on ho va explicar, fil per randa i sense deixar-se res, a la sobirana.

Mentrestant, els seus ajudants feien el mateix a la plaça major.

És per aquest motiu que, tan bon punt el rei Sol va posar els peus en terres de la reina Calba, aquesta va manar que es posés en marxa l'operació *Benvinguda al Sobirà dels Cabells d'Or*.

I tots els vassalls van anar a canviar-se els vestits de feina per les robes de diumenge. Van teixir una llarga estora amb flors i branques fines. I fins i tot, un grup de nois i noies van oferir-se voluntaris per netejar, fins que lluïssin com pomes netes, les trompetes de plata, les que llançaven al vent les notes de l'himne nacional en ocasions assenyalades.

Així de càlida i festiva va ser la rebuda que es va dispensar al rei Sol.

I EL MONARCA va ser dut davant la presència de la reina Calba. Van creuar-se les salutacions de rigor, com corresponia a dos sobirans importants, i ja el rei, enmig d'un gran i respectuós silenci, va començar a narrar els fets i les raons que l'havien dut fins al seu regne.

A primera fila, la Idolina no perdia punt. L'Elvira, al seu costat, mirava el rei enfavada. Oh! Que maco era! La sala del tron era tan plena que no hi cabia ni una agulla.

Quan el rei va acabar el seu relat, va tombar-se, va mirar la Idolina i se li va apropar. En ser davant seu li va fer una reverència i li va dir:

—T'agraeixo profundament el que has fet per mi. Poques persones haurien mostrat un valor i un enginy com el teu. M'has salvat la vida i l'honor, i això no ho oblidaré mai. M'agradaria que em consideressis el teu amic.

Llavors, mentre tots els súbdits i la mateixa reina aplaudien entusiasmats, el rei es va tornar a inclinar, va agafar la mà de la nena i la hi va besar respectuosament.

I la Idolina, nou anys repicats i eixerida com un pèsol tendre, es va tornar vermella, vermella, vermella...

Tot seguit, quan els ànims es van calmar, la reina li va preguntar:

—Em permeteu, senyor, que us ofereixi el meu regne per viure-hi?

—Us ho agraeixo vivament, senyo-

ra, però no voldria causar-vos problemes. La reina dels Folls es podria enfadar amb vós i perjudicar-vos amb la seva màgia.

—Bah! —va exclamar la dama—. No em fa cap mena de por aquesta harpia. Tinc un bon grapat de fades i de bruixes molt més bones que no pas ella. No saben preparar-me cap poció per combatre la calvície, però sí són mestres en encanteris. Si a aquesta malànima se li acut venir cap aquí, la faré fora a cops d'escombra. I també destruirem la maledicció que us ha fet. No us hi amoïneu pas.

—Si és així, senyora, accepto encantat la vostra hospitalitat. I ara, vull que em feu la mercè d'arrencar-me tres cabells del cap i que us els poseu en el vostre. Si ho feu, bella dama, d'aquí a tres dies pentinareu una bona cabellera.

La reina, que amb tantes emocions de segrestaments i de bruixes dolentes gairebé s'havia oblidat de la seva calba, va llançar un xisclet d'alegria, es va alçar d'un bot i es va acostar al monarca. I, amb cura de no fer-li mal, li va arrencar un pèl del front, un altre de la banda esquerra i un tercer del clatell. I com que la seva mà era mà de reina, els tres cabells van restar intactes.

Llavors la sobirana, després de cobrir-se el cap amb un barret, va decidir que era el moment de complir la paraula donada. Però... a qui havia de concedir la mà del seu fill?

12

VALGA'M DÉU, quin embolic! Tot resultava molt confús. La Idolina era massa petita per casar-se i, a més, havia fet trampa. A la llista que tenia el pregoner, la participant era la seva germana Elvira i no pas ella. D'altra banda, calia reconèixer que es mereixia un bon premi.

Decidida a solucionar-ho de la forma més justa possible, la reina es va tancar amb el seu fill i el rei Sol en una sala petita tocant a la del tron. Van parlar durant una llarga, llarguíssima estona i, finalment, això és el que la reina va anunciar als seus súbdits:

1r Que el príncep hereu estava bojament enamorat de la filla de la fornera, i seria l'home més feliç del món si la seva mare consentia en aquest matrimoni.

2n Que el rei dels cabells d'or s'havia quedat fascinat en veure l'Elvira, la germana de la Idolina i, sortosament, era correspost.

3r Que les tres noies que havien col·laborat en el salvament del monarca, eren de les que no tenien cap mena de ganes de ser reines. I com que el monarca havia anunciat el seu propòsit d'obrir una perruqueria al regne amb un tractament especial per

a calbs i calbes, es van sentir molt felices i recompensades en ser nomenades per ell, les seves ajudantes.

I a tots aquests acords, la reina va donar la seva benedicció.

LA IDOLINA va ser, però, qui va rebre el millor regal: el rei li va prometre que li ensenyaria el truquet per fer-se invisible. La nena, en saber-ho, va fer dos bots d'alegria i va córrer a explicar-ho a la seva amiga, Josefina la Fina.

I DESPRÉS d'unes resolucions tan felices, ara només calia esperar que passessin els tres dies.

Què passaria?

13

AL MATÍ del quart dia, tot el poble es va reunir davant el balcó principal del palau per presenciar el prodigi.

Els que no van poder situar-se a les primeres files, es van haver de conformar amb les narracions simultànies que els ajudants del pregoner, estratègicament col·locats, farien.

I A LA FI va aparèixer la sobirana. Radiant i somrient. A la dreta, hi duia el rei Sol amb l'Elvira. A l'esquerra, el seu fill amb la promesa. I la fornera, que era a primera fila, no cabia a la pell de satisfacció. Renoi! La seva filla seria reina! Qui li ho havia de dir, això?

Els súbdits van saludar els sobirans amb forts aplaudiments i la reina va correspondre amb la seva amabilitat acostumada. Després es va fer el silenci... Un silenci silenciós i espès... La reina s'anava traient el barret i...

Oooooooooh...! Una magnífica, espessa, meravellosa cabellera daurada va vessar-li per damunt les espatlles com una túnica daurada. Era un espectacle meravellós.

I ja s'havia acabat per sempre, el malnom de «la Calba».

PERÒ, un moment! No, no marxeu, que la història encara no s'ha acabat.

Diuen que quan la reina es va treure el barret no es va adonar que els tres cabells d'or que havien fet el prodigi, li relliscaven pel clatell fins a quedar enganxats a la seva esquena. I allà s'havien quedat, calentets i arraulidets, durant tres dies...

I diuen també que a la matinada del quart, quan la sobirana es va llevar, una capa de cabells daurats, la cobria fins als peus.

I vosaltres penseu que la reina es va enfadar? Doncs no! Diuen que va exclamar ben convençuda: «Visca! Allà on hi ha pèl hi ha alegria!».

I DES D'AQUELL DIA, la sobirana del petit regne que hi havia entre la Vall Xica i la Vall Gran, va ser coneguda com «la Reina Borrissol».